AF257082